Choco encuentra una mamá

Keiko Kasza

GRUPO
EDITORIAL
norma

http://www.norma.com

Barcelona, Bogotá, Buenos Aires, Caracas,
Guatemala, Lima, México, Miami, Panamá, Quito,
San José, San Juan, San Salvador, Santiago de Chile.

Traducción: Maria Paz Amaya

Título original en Inglés:
A MOTHER FOR CHOCO,
de Keiko Kasza

Una publicación de G.P. Putmam's Sons una división de
The Putmam's and Grosset Group.
Copyright © 1992 por Keiko Kasza
Copyright de las ilustraciones © 1992 por Keiko Kasza

Copyright © 1993 para Hispanoamérica por Editorial Norma S.A.
A.A. 53550, Bogotá, Colombia

Impreso en Gráficas de la Sabana Ltda "GRAFICSA"
Impreso en Colombia - Printed in Colombia
Marzo, 2006

ISBN: 958-04-2582-5

Choco era un pájaro muy pequeño
que vivía a solas. Tenía muchas ganas de
conseguir una mamá, pero ¿quién podría
serlo?

Un día decidió ir a buscar una.

Primero se encontró con la señora Jirafa.

—¡Señora Jirafa! —dijo—. ¡Usted es amarilla como yo! ¿Es usted mi mamá?

—Lo siento —suspiró la señora Jirafa—. Pero yo no tengo alas como tú.

Choco se encontró después con la señora Pingüino.

—¡Señora Pingüino! —exclamó—. ¡Usted tiene alas como yo! ¿Será que usted es mi mamá?

—Lo siento —suspiró la señora Pingüino—. Pero mis mejillas no son grandes y redondas como las tuyas.

Choco se encontró después con la señora Morsa.

—¡Señora Morsa! —exclamó—. Sus mejillas son grandes y redondas como las mías. ¿Es usted mi mamá?

—¡Mira! —gruñó la señora Morsa—. Mis pies no tienen rayas como los tuyos, así que, ¡no me molestes!

Choco buscó por todas partes, pero
no pudo encontrar una madre que se le
pareciera.

Cuando Choco vio a la señora Oso
recogiendo manzanas, supo que ella no
podía ser su madre. No había ningún
parecido entre él y la señora Oso.

Choco se sintió tan triste, que empezó a llorar:

—¡Mamá, mamá! ¡Necesito una mamá!

La señora Oso se acercó corriendo para averiguar qué le estaba pasando. Después de haber escuchado la historia de Choco, suspiró:

—¿En qué reconocerías a tu madre?

—¡Ay! Estoy seguro de que ella me abrazaría —dijo Choco entre sollozos.

—¿Así? —preguntó la señora Oso. Y lo abrazó con mucha fuerza.

—Sí... y estoy seguro de que también
me besaría —dijo Choco.

—¿Así? —preguntó la señora Oso, y
alzándolo le dio un beso muy largo.

—Sí... y estoy seguro de que me cantaría una canción y de que me alegraría el día.

—¿Así? —preguntó la señora Oso. Y entonces cantaron y bailaron.

Después de descansar un rato, la señora Oso le dijo a Choco:

—Choco, tal vez yo podría ser tu madre.

—¿*Tú?* —preguntó Choco.

—Pero si tú no eres amarilla. Además no tienes alas, ni mejillas grandes y redondas. ¡Tus pies tampoco son como los míos!

—¡Qué barbaridad! —dijo la señora Oso— ¡Me imagino lo graciosa que me vería!

A Choco también le pareció que se vería muy graciosa.

—Bueno —dijo la señora Oso—, mis hijos me están esperando en casa. Te invito a comer un pedazo de pastel de manzana. ¿Quieres venir?

La idea de comer pastel de manzana le pareció excelente a Choco.

Tan pronto como llegaron, los hijos
de la señora Oso salieron a recibirlos.

—Choco, te presento a Hipo, a
Coco y a Chanchi. Yo soy su madre.

El olor agradable a pastel de manzana
y el dulce sonido de las risas llenaron la
casa de la señora Oso.

Después de aquella pequeña fiesta, la señora
Oso abrazó a todos sus hijos con un fuerte y
caluroso abrazo de oso, y Choco se sintió muy
feliz de que su madre fuera tal y como era.